当我低头我看见自己正消失

一阵惊悸　一只深渊的眼睛

一种温驯　从光焰中复苏

我有一朵反季玫瑰

A palpitation, an eye of the abyss;
A kind of tenderness, reviving from the flames.
I have a rose, seasons in reverse.

当我低头
我看见自己正消失

罗勒 著

图书在版编目（CIP）数据

当我低头我看见自己正消失/罗勒著. —南京：
江苏凤凰文艺出版社,2020.7
ISBN 978-7-5594-5020-3

Ⅰ.①当… Ⅱ.①罗… Ⅲ.①诗集-中国-当代
Ⅳ.①I227

中国版本图书馆CIP数据核字(2020)第124754号

当我低头我看见自己正消失

罗 勒 著

出 版 人	张在健
策　　划	于奎潮
责任编辑	孙楚楚
装帧设计	观止堂_未氓 牛玫
责任印制	刘 巍
出版发行	江苏凤凰文艺出版社
	南京市中央路165号,邮编:210009
网　　址	http://www.jswenyi.com
印　　刷	南京迅驰彩色印刷有限公司
开　　本	880毫米×1230毫米 1/32
印　　张	4.375
字　　数	100千字
版　　次	2020年7月第1版
印　　次	2020年7月第1次印刷
标准书号	ISBN 978-7-5594-5020-3
定　　价	42.00元

江苏凤凰文艺版图书凡印刷、装订错误,可向出版社调换,联系电话 025-83280257

邂逅美丽的灵魂

杜红

正值初冬,一场薄雪点染了华盛顿州东部的绿色松林,我收到了张可函的诗稿《当我低头我看见自己正消失》。窗外,缭绕的白雾从远处的湖面上升起,漫过苍黄的草地,我从第一首读起,在可函创造的语言丛林和诗行路径之中,有一种力量,时而清澈、时而混沌,偶尔湍急、间或撕裂,喃喃自语,又倾泻奔腾,洪亮而不可阻挡,始终紧紧地抓着我,带我一路不停地读下去。

初次见张可函,她十五岁,那是在2018年的4月,初春的南京水天一色。虽说之前从未见面,但知道她写诗,也读过几首她的习作,所以感觉已经认识她很久了。可函的妈妈阮晓星是军队诗人、词作家,三十年前,我们同在解放军艺术学院文学系读书,晓星是我室友,我的写字桌邻接她的床尾,连梦话都有过一问一答。尽管毕业后和晓星只有零星见面,但那个年轻女诗人的形象却一直烙印在我的记忆里。她轻灵的诗句,比如"你归来的那天/就是我的生日"总是会在不经意的时候,从记忆中一闪而过,带来温暖和想念。因为这些过往,在可函出现之前,我有足够的"颜料"在想象中勾勒出一个少女诗人的形象。

可函如同"晓星升级版",就像是一颗同样的种子,长成了一株崭新的植物。这是我见到可函那天留下的第一印象。她穿着一件迷彩短袖衫,脚上是一双绿胶鞋,我猜这些都是晓星的军队装备,它们所特有的"坚硬和正统"的符号,和少女的青春气息,共同组成了一幅奇特的"混搭"画面,十五岁的少女有一种超越年龄、混淆年代的气质。

继续接触下来,我有了一个惊奇的发现:可函的身体里仿佛有两个生命,呈现在两种不同的语言中。在汉语世界,她是一个沉默寡言的女孩,惜字如金,不加入"大人们"的交谈,任由我们评论她的诗,议论她从小学开始发表的一些散文,在签名送给"阿姨们"她出版的作品集《走吧,宝贝》时,偶尔礼貌地点头说一声"谢谢"。但是,可函用英语交谈时,仿佛有一只开关被自动打开,她瞬间进入另外一个时空,不紧不慢地描绘日常生活和个人感觉,看上去是完全不同的另一个人。知道可函就读于著名的南京外国语学校,但她英语的语感依然令我赞叹。"两个可函"和"两个世界"之间,诗歌作为纯粹的精神介质,是一架完美的"桥梁"把两者黏合为一体。从那一刻起,我相信可函会继续写作,也对她的诗歌创作有了不小的期待。

这本集子收入八十首作品,它们被编入五辑,分别是"不在生物书上""七月,误入的战役""太平门7号""我有一首诗为你而作"和"英文诗选"。这部诗集带给我的最大震撼,是它处处弥漫、深入骨髓的现代性。区别于传统和浪漫的抒情方式，西方现代派诗歌自波德莱尔、庞德、艾略特以降开枝散叶，象征主义、形式主义、超现实主义等纷纭众多的流派，上个世纪八十年代涌入国内，在已经由"新文化运动"建立的新诗基础上，深刻影响了一代诗人，彻底改变了中国新诗的精神风貌。即使有这样一条脉络可寻，一个在新世纪初始出生在古城南京的少年诗人，她的第一部诗集中几乎浑然天成的现代意识，依然令我吃惊。不仅是她的语言选择、意象生成，更重要的，是她的情感表达方式和叙述风格，倾泻而出的现代色彩，如同爆发的火山喷涌而出的火焰，令人惊奇并为之感叹！

总体上，很难对这部诗集进行定位。首先，尽管很多诗人早慧、在少年时期就有惊人之作，但这些样本毕竟非常少，而且这些早期诗作，往往是在诗人成年成名之后才被研究者提及，很少被作为代表作进行深入研究，所以少有参照进行对比分析。其次，纵观这部诗集的八十首作品，大体是在生活感受、情绪表达和思维想象的领域，进行散射状的铺排，还难以探到一条清晰可辨的哲学和逻辑线索，像树干一样，把各个枝杈连接为一体。但是，难以评价和定位，恰恰是这部诗集的价值所在，它的原生态，它活泼强盛的生命力，完美地刻画了一个少年诗人的精神状态，是一部难能可贵的少年文学研究样本。

这部诗集最大的特色，首先是它的语言。一首首读下来，一种奇妙的感觉油然而生：许多灵气洋溢的字词,不是可函苦思而得,而是自动涌入她的脑海,被她随意点选,有意无意地用在诗句之中,这种"妙手偶得之"的才华,在这部诗集中随处闪现。比如,"几十个黑发的头竖立着/像上了釉的瓷器"(《教室最后排》),用"上了釉的瓷器"描述从教室最后一排看到的学生后脑,寥寥六个字,瞬间使阅读者仿佛触摸到了这些"后脑"的质地、色彩和温度,进而感受到它们所蕴含的"瓷器般"的历史意味。再比如,"噤声 噤声 黑色的河/在耳道内纵横"(《水牢》),"黑色的河"引出下一句的"耳道","耳道"的应用,不仅巧妙表达蜿蜒曲折的河道,而且将叙述空间,从自然世界的"河流",跳跃到人体的"耳道",这一转换既陡然又自然,既鬼斧神工又不着痕迹,令人拍案叫绝。还比如,"打湿纸上的字迹 模糊掉那些从未出生的孩子"(《当我低头我看见自己正消失》),用"从未出生的孩子"叠合"模糊的字迹","字迹"和"孩子"两个词的内涵和外延被一起打破,在它们的连接之中,又同时被赋予了崭新的意味,两者之间相互否定、又相互肯定,彼此交织缠绕的温情和冷酷,具有震撼人心的审美力量。

除了语言,这部诗集所展现的想象力,在深度、广度和力度方面,都令人印象深刻,主要可以概况出三个特点。第一是爆炸感,如《台风》将"台风"塑造为"我的新娘","我的新娘散入整个世界/我找不到她的身体",这种扩张、甚至蛮横的想象,强势打破阅读者的常规思维,为读者带来新颖的陌生感。第二是穿透力，比如《仙乐园》，通过"我"像一袋盐的融化过程，描述个体生命物化为一个生动的小世界，"搁浅的肚腹洁白/婆婆纳在深处绽放了"，叙述中伸出一把冷酷的"想象力手术刀"，精准地切入读者情感中的敏感之处，引发对生命深层真实体验的追寻。最后是神秘性，如《大门》，"……死亡正从缺口流出/它丰腴而舒展，一个女人缓缓醒来/血和蜜糖。如此鲜美，唤她扑入一个自转着的骗局"，想象的笔墨，几笔勾画了一幅"伊甸园"，其中暗暗涌动的丰富元素，暗示了黑暗、罪恶和欲望等原始存在，带领读者跌入了一个历史的漩涡，从阅读中感受具有宗教色彩的晦涩复杂的情感。

读完可函的诗集，感觉就像是经历了一次险象丛生的探险之旅，身体疲惫不堪，精神陶醉愉悦，磨砺了被日常生活的繁琐渐渐磨损的敏锐，也修复了一些随着年龄增长而日渐衰退的感觉能力。当旅程到达终点，翻过了最后一页，掩卷思索，仔细回味旅途中的各种情景：跌宕起伏的情感河谷、变幻莫测的语言大海、隐曲幽暗的隐喻丛林、绵延起伏的意象山脉，可函的才华，让我在一路的阅读中，感受到了普拉斯那样的痛苦绝望、波德莱尔式的残忍之美、狄金森般的轻灵通透，甚至还有类似艾略特的冷酷智慧。这是奇妙而美好的感觉。对我来说，一本好书，能带领读者邂逅那些逝去的美丽灵魂，这本诗集做到了这一点，这一阅读历程，值得每一个爱诗的人体验。不论可函未来是否继续写作，我想，在这本诗集中表现的文字、思考、想象和表达能力,都会继续在她的道路上为她提供能量,助她走得更远。

中国当代诗歌的发展,自"朦胧诗"开启新时代以来,经历了上个世纪八十年代星光灿烂的短暂繁荣。八十年代末和九十年代初,海子、顾城、骆一禾等年轻诗人的相继死亡,标志着当代诗歌的发展落入谷底,如同一棵正欲盛开的花树,被骤然降临的大雪覆盖。新世纪以来,在物质追求和流行文化的碾压之下,诗歌更趋于边缘化,沦落为一个装饰符号。在这样的背景之下,一位少年诗人出版的诗集,我认为它含有象征的意义,除了在文学领域,在社会分析和文化探索方面,它同样具有研究的价值。

(杜红,出版诗集《红色》并有诗作被收入多种选本,出版《当代美国诗选》等译著十余部,曾在解放军艺术学院和美国贡萨迦大学(Gonzaga University)任教。)

目　录

第一辑：不在生物书上

003...... 鲨鱼

005...... 斑马

006...... 低烧

008...... 幼虫

010...... 跛足马儿

011...... 脱轨

013...... 鹦鹉

015...... 跑啊白鹿

017...... 水黾

019...... 金鱼

021...... 大门

第二辑：七月，误入的战役

025...... 夏日

027...... 威海早市

028...... 我去公交车站

029...... 分手信

030...... 六月不祥

031...... 白日梦

032...... 秋收

033...... 仙乐园

034...... 教室最后排

035...... 创世纪

036...... 天体手札

037...... 七月,误入的战役

039...... 呼唤

040...... 小祭坛

042...... 台风

043...... 病

045...... 关于秘密

047...... 祈愿

048...... 水牢

049...... 狮子;女巫

051...... 十一月,我梦见春日

052...... 假想时代,爱情正在发言

053...... 一月,一个抢拍

055...... 蒹葭

第三辑:太平门7号

059...... 星期六聚会

060...... 黑出

061...... 女浴室

062...... 在路灯下

063...... 心跳骤停

064...... 再受刑

065...... 久旱

066...... 奥兹国

067...... 当我低头我看见自己正消失

068...... 二十五点派对

070...... 破壳

072...... 草枕

073...... 瘾君子

074...... 残局

076...... 豌豆茎

077...... 静夜

078...... 逆旅

081...... 太平门7号

082...... 赛博朋克未满

083...... 一号线

084...... 战后,我们的胜利

085...... 世纪病号

088...... 新年,隐匿的雪

第四辑:我有一首诗为你而作

091...... 暗恋未遂

092...... 化学课

093...... 解剖室

094...... 在剧院

095...... 十月入春

097...... 跨年夜

098...... 新年快乐

099...... 雪崩，一把闪寒光的刀，我们得知期末考试成绩的
　　　　 下午

100...... 逃离火星

102...... 陌生人

104...... 俗套情诗

105...... 牛玫

107...... 女娲

109...... 最后一枪

111...... 另一个跨年夜

113...... 如皋

114...... 十三个段落

第五辑：英文诗选

119...... Diction

121...... Spring Incoming

123...... February，The City Had A Stroke

125...... A Three-line Poem

126...... **房客**（代后记）

第一辑
不在生物书上

鲨　鱼

请不要告诉我我的年龄
我仍是婴儿,你知道;
我已脱离了你们的轨道,
而那日历上留下的痕迹并非时光。

别让我知道我的年龄——
我还是个婴儿,同老死也相差不远。
时间啊! 你同我
是一样的恍惚之神
我们的灵魂都那么伟大而愚蠢,
请站到我左边来,一直以来,
你都晕头转向。

你飞速游过像银色鱼群,
在海水中井然有序,
却因为一条突如其来的狂鲨
而乱了阵脚。

别告诉我我的年龄,
这虚伪的东西是种陋习。
并非亵渎,但是时间之神,
我们生前原本一样伟大,

而死后，我只能被葬在你处，
你保存我的名字于遗忘之河，
我的尸骨则沉沦于地下。

不，你不该这样张狂，
你的权力超出了你爱意所能触及之处。
天色比千年前更为苍老，
那么你，你也一定不会青春永驻。

我会发现你队形里的疏漏，以你
无意中赋予我的一点生命之力，
冲破你银色飞窜的仪仗。
——如一条鲨鱼，突如其来，
让庞大的鱼群四散奔逃。

斑　马

在马厩里生出黑白的血
我比那些家畜温驯　生性食草
热爱陷阱
你若是狮子必定看不见
向你介绍这障眼法，它又名十五岁
与生俱来，穿刺而过
从脚心到头顶
到天穹　我黑白的血液同年龄一起痉挛
光明，我的渴望，渴望，渴望
神经电射，我划破南京夜色
般的沥青路　异数昭然若揭

青春狂热追捕　我身陷城市
早非野生
这不出意料，我四蹄奔突
倒伏在马路中央　观者如堵
爱情从我身上碾过
它色盲　没能察觉
一只草食动物的消亡

低　烧

大海上一只海鸥找不到另一只海鸥

胸腔闷响钢铁低伏于波浪
封闭的半球　大脑密不透风
一场海上风暴无法从上下唇间释放
什么也不要说

一只海鸥丢失了另一只海鸥
像丢失一根羽毛

不要说出来
鸟喙凿开坚冰　血液上冻
呼吸潮湿　密封匣里的海风
被冰川丢失化作积雪

这是正确的路
空旷　一根丢失的羽毛
游荡在海洋潮湿的鼻息中

冰山错误地出现了
钢铁雌伏于海鸥白色翅膀之下
血液挣开冰封　腾跃不止

可是什么也不要说

巨轮避开危险航道　我原指望
它撞破冰山沉没如太阳

幼 虫

窗外现出一张
油彩的猴脸

嘲弄的丑脸
脖子像扭曲的梯子
拐向无玻璃的窗口
房子的青筋

暴突出来
它的嘲弄生涩

舌头舔舐胃部
一头牛的口袋
史无前例的污浊

的肚皮　灰绿的
关节于脂肪中溺毙
宽广舌头上托举着

光荣的我　神圣的我
房间青筋暴突一片
卷曲桑叶
嘲弄的丑脸

——怔怔竖立

灰绿的我　灰绿的我
卧在桑叶的舌头（光辉！）
微微凸出如斑疹

跛足马儿

剪开一只鱼尾
分泌蜂蜜
剪开半只鱼尾

剪开四分之一只鱼尾　流动与不安
如果在将来　我会试着将它们拼贴起来
剪开八分之一只鱼尾

剪开十六分之一只鱼尾
刀刃视力欠佳了
尖端绞入清脆的
呻吟的膜层　几近溃烂
或许是它故意
或许我有一张囚徒的脸吧妈妈
那些故事排列在此　而我只
剪开鱼尾

（如蚊虫叮咬　我回忆起
沙漏一半的空旷
其中并不盛有时间）

脱　轨

先造出钥匙　然后发明锁
地铁顶破四野　一节象牙探出
天空欹斜在城市边缘

冲破　冲破　冲破

直挺挺　长矛即将脱手
（乘客们无动于衷）
半节车厢腾空　平衡的
大象踮脚于细丝

先摸出钥匙　然后砸破锁
钢铁的巨物
有悲哀的眼睛　围观的人怀疑
视路故障

（你要自杀吗？
欹斜的折角　恍然抬头发问
是的　是的
在地铁上我总想到死）

冲破　冲破　冲破
（同死的枷锁　是自由的弟兄）

无人曾设想列车了断于高空

（先扔开钥匙　再戴好锁）

四野狭小　哪有我视野开阔？

漫长下坠之前

大象插翅高飞

鹦　鹉

鹦鹉只在必要时说话
眼珠呆滞　直视牢笼
早有人编写好言语　它知道
何时有必要说话

它根本不必要说话
漂亮羽毛——
沧海与朝阳（它从未见过）
盛放于黑白围桩

咖啡豆　碳酸
心跳急迫　中空骨头即将散架
胸腔的温热下突突冲撞
不能传导至脚下横木

不要张开嘴　你只在必要时说话！
咖啡因给了你什么可怖的冲动？
指甲划过玻璃！　停止嘶叫——
他们已看见你的舌头！

鹦鹉倒挂在横木之下
背对沧海与朝阳

黑白围桩盛放着
断裂的舌头弹跳不止
无尽话语汩汩流出

跑啊白鹿

（放开它他们说放开它！）
雪山顶峰失火
白鹿从坡上跌落
明晃晃一阵雪崩
我的箭已瞄准
白鹿跑啊白鹿！

猎手在追击你白鹿
黑色土地阻挠了白鹿
你浑圆的四蹄下
血液是否渗出　如一段吊诡歌吟？
跟踪你的足印白鹿鲜红的足印
我们会找到你美人
白鹿跑啊白鹿！

跑啊跑进沼泽
跑啊撞入树干
跑啊跑到林子处处挂着
片片雪白毛皮
亡命美人的眸子
溃散活似蚂蚁
谁的弓已张满？

白鹿跑啊白鹿
跑入我们的埋伏!

白鹿跑啊白鹿
锦衣要被虫蠹销蚀
我们为美人发笑
总算成了丑东西!
谁的弓已张满?
谁还甘心射击?
(放了它他们说放了它吧)
白鹿跑啊白鹿
你失去了结局

水　黾

冬日我行走在水面

不是行走　是溜过

什么也不惊动　哪怕是你

尤其是你　在我脚下　心尖　大脑皮层

微不可察地浮出

我写诗　纸上留下铅笔印

冬日水面　尚未凝固的冰

我匆匆溜过　像虫儿小滑稽

好瞥见一处映像——

这是幻觉　我祈求冬日快流去

季节拎起一根线　水珠颤巍巍

空明的球面上一席脸孔惶然

爱情的水黾　细足伶仃

如丝线支在幻觉的湖

镜面微微下陷　一瞬缝隙

一瞬愈合　面容镀上银子

影子　与它手足相抵

——亲昵的影子——疏远的影子——

细足张开罗网——

触碰是空空？ 我在水中？ 你在水中？

一双回环翻浮　一个寂然不动

金　鱼

为音乐而作

还是这天色太亮　照进深海
本能要溯流而上　再失去方位感
不回头就折返

还是这玻璃反光　催我醒来
水在我身边发烫　视角被折弯
外面人脸都扭转

还是自由误导我在方寸中溺水
像在深海禁区里大白鲨巡回
可无边盲流中四面却都是壁垒
视野模糊金鱼追尾

漫过我头顶水温缓冲力量
只有玻璃围墙
圈养心中汪洋
困局在浮沉之间肆意滋长
原地咬尾彷徨
抬眼望却还是早上

你看到我吗
眼球突出　六神无主

冷皮肤　热滚滚从心底涌出　大瀑布
金鱼像浮木
漂不出这方地图　可你还要
观赏我吗　在黑白颠倒的时候
气泡通过肿痛咽喉　擦伤不胫而走
是青春度数过高　我血液倒流
张皇穿透水波　明亮如昼

漫过我头顶水温缓冲力量
只有玻璃围墙
圈养心中汪洋
就把我封锁在这一碗海上
甚至无权落网
金鱼还在生长都一样
好像也无妨

大　门

夏娃，割裂她的名字
像斩断湖水。 死亡正从缺口流出
它丰腴而舒展，一个女人缓缓醒来
血和蜜糖。 如此鲜美，
唤她扑入一个自转着的骗局

忘记世界如何从她体内爬出
一条丑陋的娃娃鱼，一柄弯刀
创口如此之大
苏醒的女人是两半女人

（但假如，假如）
光明想起它的熔炼
炽热的小球跳进窗户
一颗有力的心脏，一个成真的胎儿
她终于学会叹息

假如死是一件裘皮
虫豸如我疾呼
我渴望你，我渴望你
化身为一场骗局自转
半个女人，我蛰伏的名字

第二辑
七月,误入的战役

夏　日

（一）

我在盛夏天等待楼梯上的蜘蛛结网
它每一只眼都看我
我不胜惶恐。

我的蕾香未老先衰
有青虫咬嚼它疲惫的叶。

每一只眼都看着我
发掘出我淡忘已久的企图
——昭然若揭，我无端地羞耻
哑口无言。

夏日蒸发了理想。
蛛丝缠绕我的口舌，
过去的日子里捡拾石头的人
差不多要相信自己是块漂亮的石头。
田荒多时，而蝉今天才鸣。

蝉喧声淹没今夏我的一切徒劳。
我等待着蜘蛛结网
好被捕获。

（二）

容纳不下新街口蚁穴的双目失明
鸦鸦，差点无法捡拾双臂
地铁游走间我看向窗外却只看见自己
和人潮之中一双妩媚的手

（三）

妈妈，阁楼上有蝼蚁
它们啃咬我
肮脏的小虫入侵
我同满窝深黑的虫一般
蠢蠢欲动
午夜了，妈妈
你的鼾声微微响
透过床板振动，你生养的坏女儿
她无法入眠
成年的意象腐蚀了命脉
狂流凭空上脑
妈妈，告诉我这不对
我如此无知地称作革命的
不过是十四岁

妈妈，我挣扎着犯错
并非出于爱情
只因我十四岁

威海早市

由海蛎子生蚝蛤蜊中挑选出泥沙
白桃上的虫斑嗡嗡鸣响
我嗅见海水汗液和油脂
为人群的气味掩盖。

人流之中只有我无故当街站立。
四面男女迎我而来
没有目光的注视中
我年轻得扎眼。
可是人群在我前后分流汇聚
开合之间我成了这盲眼的瞳仁
由上方窥探自己时
分辨不出刻意孤立的我
与众人的混沌与安详

我去公交车站

星期五不放风

灵魂越狱

傍晚气味如蝉　炊烟和鸣笛

沙砾一样灰莹莹的

天色　坠在梧桐枝叶

和对岸樟树交锋　旌旗后

兀然现出路牌通往三岔口

三个红灯围困

四面楚歌　我心凄惶

路口拐弯的电动车轮里

涌出一声半旧的喇叭

分手信

一个仅存的残章

把诗的名字从我口齿间剔除,
从指甲缝抠净,从我子子孙孙
发根的暗箱中洗涤,
直到我的生命洁净如干燥的墙皮,
剖开肚腹,鱼群
不再像乱箭出逃。
敲落坚固的,割断柔软的,
我们意态决绝——
史诗的爱情,这是它伟大的收场
多年后仍寄居于旁人的笑谈
两相抛弃
我们的名字终于连在一起。

六月不祥

长夏无冬
大蛾子在阳光下迸散为灰尘
微尘漫天,满天柳絮和太阳
过膝的草叶生在海上
铺陈,我无根
虫跳跃,虫鸣,低如人语
人语声萧然,这夏日幻听
光明又迫近。
怕金色涌入,我不敢开窗。

白日梦

十二月末,隐秘的电梯
无尽的乳白睡眠中
陡然出现一个新的空间:
中空的方块,柔软、粗糙
不为人知的木质
敲击四壁,中空的四壁
敲击耳膜
新的空间,一个
舒适、甜美、软木的围困
容纳而无处伸展
黑色四肢,感官的四肢
在软木里很美
如果把指甲挖进棕褐的沟壑
它给你愉悦的疼痛——
像文字般贫瘠,你会爱它
棕褐的沟壑,弱碱性,脱水
眼前是丘陵而非星空
角落里的锈在伤口中埋得很深
钉子嵌在木板里
只有半个头外露　像殉道者

秋　收

心脏饱胀
苹果　青虫的尾部抽搐
拴一根细线　在你手中
颤动着向天抖露
别，别告诉我半个故事　你是个
贫血的秘密
有人把我们压进地铁
秘密破裂如栗子　流出的汁液
是绿色的

白牛皮，我的土壤
躯干里一根蜂针
嗡嗡鸣响　发酵如蜜
从背脊滴落

空荡荡的袖子
招摇，我们乘船颠簸
脖颈像一截丝袜
青色皮肤　白茅和血
抬眼可见星河短路

仙乐园

我想我化开了
我化开了　像一袋盐

群鱼纷纷从我
肌肤的气孔中钻出
茂密如头发

张开嘴唇　一朵烂漫的花蕾
如此镇静地呼吸
皮肤下的脉络里流淌
小小细胞　像婆婆纳旋转

鱼群的脉络里流淌着
蓝色芳香　我皮肤的掠影
搁浅的肚腹洁白
婆婆纳在深处绽放了

教室最后排

几十个黑发的头竖立着
像上了釉的瓷器　房间黏稠
甲壳虫被胶封　那瞬间翅膀张开
（新世代的琥珀）
我赖以生存的氧气与他人的似乎并非同种

陌生同学如此陌生
但他的黑色鞋底朝向我
（失焦的）白衬衫上一摊墨渍
下垂如病危的手指下垂
指向这处致死性破绽　于右下角
的右下角　我羞愧难当

但他的黑色鞋子比盲更盲
像大海上漂浮的一颗花生
（无人知晓我正在窥看）

创世纪

光裸的夏季
闷热的树枝　无耻的树枝
无耻的阵雨

无情绪适于发泄
方盒中　被滥用的空泛
于混沌之外交响

目光纷纷浮向别处
我创造了你们
玻璃管上昂首的壁虎

终于　光均匀化开
无耻的阵雨
收敛于我可耻的晴天

潮湿而明亮
那五十只壁虎透过
玻璃管的注视

请代替我伤害我
若非生而为神　是怎样的奇迹
使我创造了如此世界
（又为它忽略）

天体手札

我是如何休憩在这群落
星星如何在白昼藏身于我
如何在几万光年的绳子另一端
它的凋亡缓缓攀来

这绳索如何系在我腰间
（我正是星球之星球）
它怎样烫得我无法言语
庞大的空想就此蜷缩

又怎样灵感随脊柱倾泻
如何使它衰落如我们的命运？
一笔旋转的油漆构成一个体

扼住喉咙气态星体迸散
（诗句间空格不复存在）
旋转椅上我重复着自己的大观

七月,误入的战役

撒退! 撒退! 这不是一场战斗
这是战争 哪里是敌人?
我! 我是
即将降临的自杀者
电话诈骗犯 我的
双唇是你的枪口!

巧言令色——塞住耳朵!
过去的路被阻断了
老鼠 你失去的耳朵
鲜血淋漓——魔鬼!
一张网无法缚住你的性命——
魂灵脱逃! 魂灵逃脱!

此处无黑夜指引 举起枪杆来!
举起枪杆来呀 我正如此爱你
黑屏! 忽然我的面容冒出
歌吟;鞭笞;茸毛生长?
魔鬼——在我后背的平原起舞!

我无法离开 无法离开你
一千个头的蛇 占据了整个房间

枪快要走火　子弹用尽
撤退！撤退！这不是战斗！

为失败而前进！热烈地
从背后紧缚我——战友！
我的死仇！
在洼地　弹药已用尽
——不，撤退！撤退！
我爱你更甚于爱死亡！爱你更甚于死亡！

呼　唤

（何处是痛楚　当狂暴也失声？）
我的喉舌　应有金石之铿锵

荒沙大漠　风化的愿景
被侵袭的土地广袤而沉寂
枪炮？　硝烟？　何处是
痛楚　当狂暴也失声？
做个懦夫！　我仅有
惯于歌唱的喉舌
它也铿锵如金石

一尊雕像　永不消损
——硝烟　皮肉会腐坏于硝烟
而我的声音将长存
于广袤与沉寂
于将坍坏的堡垒内外
流弹般飞过　那些未曾被摧毁的名字
呼唤！　如一块沉铁　我的声音
于层层沙尘之下
永为冲破硝烟的人所探寻

小祭坛

不应当忧虑　我的头枕在
膝盖的沟壑
黑影对半弯折
轻悠悠荡在绳间

一人的信仰　布道场
是窗帘狭缝
霁月光风倾入
暗室中央　光风交横
高悬的绳子结成蛛网
中心投入我的黑影

蛛网　镜子的裂缝
于天花板　光风折射出
瑟索的喜色　八只眼睛
缓慢现形
像一个即将见到神祇的人
我的欣快　像一个即将见到神祇的人

脊柱洞穿身体
向蛛网边缘攀去
八只眼睛闪现　狡黠的

一人之神后退

（否认　否决　没有人在前行）

自我拥紧　如一份祭品

对半又对半　黑影折叠

膝盖的沟壑容纳下

虔诚与哀恸　独身餍足

光风于窗帘狭缝间低语着

神祇的我如何将我吞食

台　风

怪事　我的新娘
在高速公路逃亡
细石卧在她脚掌　细石磨破她脚跟
一架张皇的鹿角将她掀上云端

怪事！　不见了我的新娘
我的车抛锚　警示牌
赫然如一个榔头
我的新娘被卷入高空　我设计
好放弃追踪

乌云被压低　在我狭窄的车顶
灌入一筐筐盐
雨更坏了　凌乱水痕中
你应该看见她正降落

大风刮过　万物倾斜
一种病毒　如箭飞驰
我的新娘散入整个世界
我找不到她的身体

一头牝鹿狂奔在高速公路
淋湿　疼痛　跃过崩溃的橡胶
喇叭响起时它愣怔而停

病

天地完好无损　舱门后
我偏头痛发作　正像一个女人
风召我温柔下落

坠入温床　热水和厚被
她悄悄推门而入
拖鞋轻叩地面　风敲开舱门
地板晕开木纹　山与谷
铺展眼皮之内

她会温声询问
我难以倾诉　如何

病情拂动如风
天地完好无损　于空无
俯瞰

田野的沉默　为我
群山连绵疾呼
我的影子下至

强健的青色筋脉
纹理延展在土地　像无心伤损

（杯子磕在桌角）
她要我吃下药丸
降落伞滑入纵横河谷
挂上脆弱树枝　叶子上
结闷热丝茧的蚕正偏头痛

误入　不是桑树
降落伞脱节　大风托我上行
无需降落　衣裳纷纷剥离
群山连绵疾呼　大地匍匐
血液如风声刮过皮下　但
唯静默硕大无朋
或她拉起窗帘　催我睡去

关于秘密

在白日里　我狂躁
这样的狂躁
我的头发如一摊水渍

不关心飞鸟
它们来过我的桌子吗?
一团乱麻　一摊水渍
来过的都飞走

人们开始争辩
我的无用　我所爱的无用
我是一个论点吗?
人们路过我身边　一群飞鸟

来又去　我　一张黑色的弓
并不拥有箭　只有离弦时颤抖
人们争辩的双足穿梭
来又去

在白日里我狂躁　我的狂躁沉默
水渍缓缓上升
头皮上留下印痕　我光秃的指甲
轻易伤害紧绷之地　在夜晚

在夜晚我苏醒

我听见脚掌　柔软的脚掌

私自与地面亲密

箭纷纷离弦

飞鸟扬起　争辩的人们抬高双足休憩

当他们休憩时他们沉睡

私密地　我的心跳轻叩

地面　脚掌的温存溜出

黑色的弓仅怀抱颤抖　无人察觉

我的虎兕与良宵

祈　愿

离开我,一颗脱轨的恒星
凶兆正在闪烁,在浩瀚的黑
无限曾经过。 它曾忘记
在此刻我没有可唤的名字。
离开我。 为了证明你曾来到,不要
像那些微尘一样驻留
它们从未听见
黑深处的低语

喃喃低语,在我遗失前
凶兆是一道温存的流光
在无限的身后漾开:
我在遗失前,有全宇宙的自由。
当你趋近我看见你离开。
当你趋近,你一定要离开
一颗脱轨的恒星不知道
除了离开,还有什么能记住
它曾在凋亡之前存在

水　牢

我想到那些污秽的事物正喷涌而出
一条河以它的黑色嚎叫
神志清醒的鱼注视天空
下沉时它看见火焰

于黑色之中　浑浊而绚丽
火在天空流淌　像石油和马鬃
鱼醒来时将忘记这是几秒钟前或是上辈子
我仰卧在河底　如那些沉积的污秽
一遍遍被洗涤

噤声　噤声　黑色的河
在耳道内纵横
嚎叫离开水干渴而死
水底的我注视天空失火
它相隔很远　正弃我而去

狮子;女巫

如一幅素描:
黑色,沉默,鲜活,
你降临于翻滚的树枝间。
身体因风暴而沾湿战栗,
可你漆黑的双眼如同磐石,
破裂着,迸射出滚烫的火星;
我看见火焰从你的脚边升起,
雨水因神圣的燃烧而轰然失声。

烈火中黑色的女人,
你引导这无情的情人蔓延上你的身体,
它吞噬了你的心,它包裹着你的死亡,
它让你灼痛、嘶叫,同母兽般哭泣,
它照亮一种长夜里的欲望,
你操纵,而你无法控制。

你掩住一颗悲痛却不能熔炼的心,
火焰像罗勒树因泪水而蓬勃生长。
燃烧的女人,燃烧的女人,
待躯体成为黑灰的空壳,
你的烈火才飞散入天空;
你的生命分割了灵魂,

同炽热的自由连在一处。

所以,你,火中的女人,
不要为夏日的风景耽搁路途,
也别在乎那雨后的梧桐叶青翠如童贞,
燃烧吧,你的火焰,无上的痛苦:这将是
我们生命中最后疼痛的欢愉。

十一月,我梦见春日

(春天的脉搏坠下了!)
她涌来　她涌来
那些泻落的金属　柔顺如头发
湖泊跌破　白色镜子对折
斑斓的画布千疮百孔
一个弹孔是一种花

而不知何故　我走在一把斧头上
双腿蜷曲　像饿蚕
一面是向下另一面也是向下
瀑布从脚底泻落　花喷溅于我身

我是断裂的水

假想时代，爱情正在发言

在冷兵器时代　我的血是你的
滚烫如驱邪的偏方
姑娘们掉落山崖　如此我也掉落
泼在你横生的发上　人人看见种子生根
斜插在心脏的白刃像冰

而我怎么还在走呢　怎么尚未倒下呢
是否我还是美的女儿
是否你还看出我美呢
不该有谁搭救　在冷兵器时代
我要等你拔出第二把刀

白刃长进心脏　那一处总是冰的
巫蛊缠身的女儿　个个如燕子掉落
树会茁壮生发　我逃出行刑场
来到你身边
血都是你的　用第二把刀杀我

一月，一个抢拍

一张破鼓的节奏进攻除夕
一月又到了！ 许多胎儿
被扔回母体
黄色的，她的眼珠
疮疤上渗出的，伪劣的金子
十足的雨点烫着头发，在地铁口
人们在节奏上踢踏。 鼓更破了
鞋底藏着泥里藏着金

你的口鼻在黑水上在风口里舞动，壮士
人人都很可笑
在明黄的茧里我们踢开节奏
麻醉剂下亢奋因为窒息是多么轻快
屋顶上划过数十件诉苦的凶器，但凡你
对我的仇视有一点凭据，我都会爱上
你，在雨天，在地铁口
我们点上一支鞭炮，小流氓
喷射出满地灿烂岩浆

但是快乐的幻觉会在这个雨天
被压扁，碾碎，吹去，像一口烟
在地铁口，有人点上一支

有人捂紧口鼻奔过。 节奏四处掉落
金子？ 疮疤渗出暗黄色
那些脏鞋，混乱的拍子
催它们一脚踩进水坑，惊慌逃跑
一月又到了，许多胎儿未及出生

他们轰炸了机场！
在新闻里。 我很困惑。

蒹　葭

百毒浪荡，洪水鞭泥，绳缚老虎。
悬崖倒挂千株松，
衰竭的猴子先后跳下。
我的姑娘刺入石头的骨，房间那头
春天来如闪电。

电休克。咩咩叫的癫痫，
山鬼的三头羊过江。
独木桥落水，
一只木筏溯游而上，百花齐放，
我的姑娘在桃山之中
如一柄镇邪的剑。

杖在手、刀在腰，
汗血作钱帛、日月作车马。
我要从这一头走到你那一头。

地板在漂移。
（大洲相离分。）
绳索皆断，猛虎出，
八方野鬼接踵而至。
三头羊的肠子，无信号之路，

我要从这一头走到那一头。

一把斧子,为我的姑娘,
从山岩中拔出生锈的剑,我血衃金。
从这一头到那一头。

这一头到那一头。

一室漂离至地球两端,
我涉过整个大洋来到桃山。

第三辑
太平门7号

星期六聚会

这是我们的房间,一个大烟斗
这是我们的房间?
这是你们的,他们的,它们的烟斗
陌生人,欢聚一堂
香烟和杯盘刺激孕妇
是盘里红色块状小公鸡
伸着喉咙,被烧熟
夸夸其谈　我不认识他
我不,我不认识他们
玻璃杯在醉眼里错位
穿过我,穿过
惶恐,一条影子的断尾
噗噗地涌起一口烟　人声鼎沸
女访客的不安绽开黑色眼皮
透过怀孕的肚脐向外窥视

黑　出

刀锋磨利　引擎
切割皮肤上的黑
把道路开膛破肚啊这只蚂蚁
你听到电锯声响
整座城市的灯都哆嗦了
楼栋袖手旁观　我隐形于车辆的腹地
只有吉他在我耳中　只在我耳中
出演电锯

高坡上的灯火向我涌来
拍打车窗　视野模糊
光在玻璃上干涸我坐楼观海
灯潮只在我呼吸中
只有我呼吸在此　长久地
长久地拉锯

女浴室

六月的公共浴室人满为患
乳白瓷砖钳制的躯体
四处飘游
水雾沉瀣
蒸汽之后现出乳白的脸
橡胶脸,张开
红褐的口腔咬食苹果
肿胀的老人,泡开的银耳
去势的猫肚腹朝天
我们的性别
被墙上的污渍淹没

在路灯下

它削过我的头像一把长剑
光削过我的头顶掘入泥土
我,双腿掘入泥土
如矮小的黑色碑石
我的影子比我更为高大

光芒抵在头顶
两膝颤抖,两鳃翕张
沼泽一样的黑色沥青
堵在呼吸道,青苔生长
吞咽,犹豫暴露无遗
我的影子比我更为高大

心跳骤停

沙漠地带荒芜　蜃楼
虚幻得几乎宽容
我的呼吸上了空气的当
在幻觉中紊乱　像一朵干花
我的血袋装速溶
塑料封皮未破
我的血
是液体玫瑰

玫瑰是花状的刺
静脉曲张　幻象被徐徐戳破
喷射出无限的玫瑰啊　屋子
被淹没了
沙漠在蜃楼中溶化
我皮肉的废墟沉入花海

腐败的爱情　千万株植物
美丽的生殖器　你嗅见
我的血漫过峡谷高山
发情的海龟在潮汐的芬芳中呕吐彩虹
泱泱蝗虫入侵　世界骤然停转
一颗心脏攥紧

再受刑

车前灯明晃晃照着积雪
钢刀穿过我的胸膛
被投入往昔的死者正在步行
鞋底纹刻的历史中　时间
在我脚下化作泥水
车前灯明晃晃照着旷野
泥水和积雪并无两样　我是
跋涉的死者
被骤亮的灯围捕　遁入
鞋底花纹的隐秘犄角　作一摊泥水
飞虫冻毙　躯体漂浮如尘埃
在车前灯里明晃晃
视觉不济　倒伏的白色血液
化作污垢了我的躯体
明晃晃钢刀穿过胸膛

久　旱

天在下雨蛇在吐信子猫在生蛋
而我可以自由地走在这条路

双臂上倾泻霓虹
伞面熔融　泥水的肢体于黑色中旋转
细蛇坠落

柏油淅淅沥沥　枝头
花苞夺眶而出

奥兹国

一条路？ 这里没有黄金瓦
一条歪斜的蛇
断尾簌簌作响　在罂粟田
开满石楠花　青绿的
天空如一个乙醚面罩
全身麻醉　我穿上女巫的鞋

一条路？ 没有绿色城堡
歪斜的花朵　天后生下天后的孩子
全身麻醉　我倒挂着行走在
河沟的倒影
脐带通向一只窥探的眼

尽头处阵阵兴奋的低语
张阖的眼皮……
（我不再冥想　口腔是一片蝴蝶）

妈妈嫁给一个男人
他成了我爸爸

当我低头我看见自己正消失

我告诉他们我将会尝试但我并不会
结满云雾的大脑正在退却像瘸腿的蚂蚁
打湿纸上的字迹　模糊掉那些从未出生的孩子
我将是洁净　连白色也没有

一朵花蜷缩　太阳疾速下沉
金色的昆虫于半空被灼烧成细小碳粒
从破洞处天空被吸出　头顶将是洁净
连白色也没有

云雾正在退却像遗弃一颗星球
消失是安宁是安宁是安宁
我告诉他们我将会尝试但我并不会
我将洁净　连白色也没有

二十五点派对

你的嘴唇像鸭子

摇摆　红色路障
摇摆　红色蚂蚁
摇摆　像素小人摇摆
五官唐突　布谷鸟弹出弹匣
朋友们，捧腹大笑

发根倒竖如扁桃体
细节丰富　广袤口腔上拓印
一个箭靶　一个梨球　一个蛇胆
投掷！投掷！摇摆！

你的嘴唇像浮起的鸭子
沾湿的羽毛
荧光游离于水

心跳随放克乐节奏
如此诡异它扑动

灯！灯！交互回旋飞驰
橙红膏状光柱　降落如一个半音
重拳下坠鼓声　细菌疯长死亡

真金咽喉跳伞——灯！ 灯！

二极管通电的食道

——生理泪水面具

滑落　滑落

你的嘴唇像一只鸭子

扼住颈项　胸脯

是整块前凸的骨头

——滑落　滑落

幽门贲门倒错

放克乐难抑悲痛

（你发出鸭子的叫声）

破　壳

湍流　橘红
纸面上　半干的
脏器　正在收缩
紧裹如棉被
警示博人眼球　一句戏言
顺沟壑滑至地心
久眠的蝉开始破裂

地震　皮层觉醒
曼妙地伸展　解构一个球体
地球仪于桌面颤动
中心的炎热太长久了
炼狱　我的梦境
把皮肤撕开呼吸

失去这些污垢
修正一个已铸成的荒诞
奥妙投射在
蓝色瞳仁自转
维度弯曲　光彩晶莹
再无被捆缚的骨节咯咯作响
要解脱吗？　要解脱了吗？

无人低声发问

预言中的先兆
悬停于大气
人们惊逃　而脚底亿万尺
磨牙声已响动
崩裂的土地我们的温柔乡
忽如枪弹发射
怪物明亮的巨翅
升腾于被遗忘的自由

草 枕

腐败到深处就不再烂了
腐败到深处是安宁

纹绣的枕头
唯有我光鲜的爱的填充物
有如此安宁

受降者不知为何胜利
于安宁中开裂　创口也如此稳定
腐败到深处就不再说了
无法颤抖的沉默是习性
在方形天幕　光滑的布料下

曙光坠落如炮弹

瘾君子

他给他的鹦鹉喂咖啡:
一天三次　鸟儿
如破旧机械颤抖
他考虑给他的鹦鹉抽烟斗

酸苦味　一个喷嚏
手指麻木了　在瓷杯口冻毙了
棕褐色血流于后颈徘徊
（绝望也是消耗品）

或许他的鹦鹉哑了
过度沉默　它开始脱发
烟雾横亘于视觉细筒
（他写下错别字）
棕褐色的笔
如破旧机械颤抖

快些离开这里！血是酸苦味
后颈抽痛　他咬紧牙关
棕褐色双手不住翻动
盘算何时人们发现鹦鹉

残　局

无数个恶人正爬上楼
没有脚步声进攻我耳膜
木板潮湿正在衰坏
石砾嵌进脚跟

手指被油彩染红
永远清洗不掉
摩擦　污水从洗手池漫出
无数个恶人正爬上楼

黑虫　灯罩中飞转
脚跟下石砾久鸣如弹簧
肥皂无用　漂白粉无用
手指被什么染红
永远清洗不掉！
没有脚步声　受潮
木板惊喘
无数个恶人正爬上楼

为了我吗？　还有没有旁人？
手指被什么染红？

永远清洗不掉!
石砾识得出血的味道
无数个恶人正爬上楼

豌豆茎

颈动脉　攀援而上
方格流动
电光与搏斗立于足尖
我的发与脖颈一同生长

延伸的意识
在顶端　恶龙曾如天鹅陨落吗
垂直的脉搏上下行的
低回的巨人　皮肤遍布猎豹的眼睛

目光远比巨人沉重
她是空气　稳步
穿枝而下
（云层之上我无法看见）
猎豹的眼睛中蝴蝶扑散

轻微压迫　风声
贴在脉搏边遁逃
顶端不再萌芽　我的颅骨正疼痛
巨人展怀迎接
恶龙纷纷向四面掉落

静　夜

艺伎的手指　男人的鞋
暴露的秘密！　闪射的隐私！
斧头立在墙角
灯声大作！　半条蚯蚓痛哭
四十一下它念诵
无人听见　只有踢踏脚步匆匆

拣起半条蚯蚓为它穿上皇袍
顽童折断手指　谁斩除它的下肢？
焦黑的照片谋划火光
皇帝在粮仓顶自焚！
无人听见　只有踢踏脚步匆匆

匆匆脚步掩埋蚯蚓与斧头
粮仓眩目如昼　梯子
坍陷成木柴
高冢！　高冢！　泥土上
喋喋隐秘成堆
再无灯声割裂　埋葬斧头与血
晨光未及趋近　墙角后又现
私语的手指　亡者的鞋

逆 旅

屋檐下掩藏窗棂与视线
风铃开始响动
搅乱这黑色我浓艳的黑色
窗内的人们围炉相互食用
（金化作泥铁化作沙
如蚊虫纷纷落在他们脚下）
我走出森林　我的手上血污
泥和沙长留于指缝
缠绵的羊肠道　荒草并无现在长得好
（我想我得朝前走去）
有人先到把炉火生起
怀着愿景开始了分食

我走出森林　我手上的血污
将顺水洗去如一股乐音
炉火是温暖与死　是我身后
一架筒车的轮回
我将离开　将散落如棋子

你将离开将生发如种子
我将与你相遇　当你的骨骼长成
当你失明我将闭上眼睛

将这样埋藏每一个故事

（我从未见到一切）
失火的夜空　意象的熔炉
枪药已潮湿　在平面翻滚
（难道世界竟不是平面？）
四肢溢出边缘
烙铁咳嗽如裂
（我融作药汤和蜜
——气味是厌恶与推拒）
光跃入沟壑被山体封存
从未降下的刑罚仍于头顶高悬
在你　你　和你唇上
我的眼是黑色

但我与你前行在人间
我们的脚印燃烧梦境逶迤
我们的手指抽搐插入泥沙
在其上筑起金铁的殿宇
在其上尖顶没入漩涡
在其上我又见孤篇的焦土
（何时诗章重蹈覆辙？）
我将离开　将散落如棋子

你将离开将推倒这楼宇
当我远得听不见
砖瓦崩坍　当夜空被扑灭

金化作泥铁化作沙
如烽烟纷纷落在你脚下
人们失去他人和食物
和炉火　当森林漫过道路
我将睁开眼重建世界
于大地的纹理　我将看出
你未萌芽的面容
那未经夺去的目光和火炬

太平门 7 号

那些夜晚　如一口揭开盖的锅
孩子们在墙壁那头咳嗽
楼栋隔空嚎叫　年轻人的哭飘至窗前
它眼睛大睁　我想
他正在谋杀他的母亲

笔尖扎进黄色纸页　狗大叫
墙壁那头　孩子们咳嗽如敲击的钉锤
（有一天砖石会变成灰）
那些夜晚烟粉呛进鼻腔
血肉紧攥钝刀　窗户的两眼冷蓝
夜晚也变白

（那些夜晚我失眠六个小时）
病院墙壁上一道缝隙
窃喜地听见整个故事
一条绝望的狗听见响动的骨头

赛博朋克未满

我不曾迈步,大厦避开我前行
又一个素不相识的路口。
一把卷边的刀,我等待着被收割

干瘪的谷子,太阳落出城市
那些绝望的花朵仍然清醒
那些庞杂的水管,疾走于肌骨深处
它们尚且活着。那些长蛇、短蛇、细蛇、蚯蚓、
动脉、静脉、百转柔肠,它们已经死了
没有遗体

一块灿烂的油脂在沥青路上融化
倾泻的直线里人们扁平
我的血肉温热　雏鸟心脏怦怦
金属匣子嗒的一声关闭

一号线

灯像黄酒压低了我们的喉咙
一条绒线的尾端分叉　而一切
顺坡滑落
何时才能够上车?
结局像黄酒——封在罐中

将我们盛在玻璃前　列车下沉
轨道融化　水底漆黑
一个铅球掷出　罐子——打破
我听见结局流淌而来

战后，我们的胜利

偃旗息鼓　我的子民
呼吸声如硝烟
降落于我国土　爱人和敌人
跛足的鹿驮断尾的蛇
这是空旷　蹄印绽开哀伤的眼
车在往日晦涩中颠簸

犁过这沉寂的全部
深处的泥土晶莹
如鱼儿浮出水面　它们叹息
子民将开始穿行
他们拾到久埋的半面旗帜
他们用针线将它缝补

我的国土回忆着
种种未成形的瑰丽
鸣振的钟边缘
金石熹微　我的国土之上
赤足的少女采撷刀戟　而沃野绵延
人们将缝补好旗帜高高挂上
脚下羽箭折断如半支歌　他们依稀察觉
于地底　太阳光华漫射

世纪病号

镜子上的指印
一串一串葡萄
恶意包藏伤寒

扭转的字眼　在半空蹒跚
醉汉嵌入墙根
邪曲的字眼　在水泥里挥发

编造一个病人
罗织症状　譬如思维和思维的摆动
像输液　纸张纤维上下坠的葡萄糖

一个一个一个一个房间
透视的空床
杂糅的　相互穿过　崂山道士

罗织第二人称　一条腔肠动物的通道
一个你的空想　一只瓦片涡轮
一段首尾相衔

一个空想轻信空想
一座孤岛暗自撞击
一段首尾自洽

纯粹的精神浮游

恃无物驳斥虚妄

一段首尾自洽

一个一个一个一个房间

一个一个一个一个窄小光圈的转动错乱

看上去总是同频

一个加载不出的实体

一个一个一个一个房间

床是如此柔软因为它不存在

睡眠像一座暗礁

海生出鬃毛　刺儿头

呼啦啦的毒针

一条蜈蚣张开脚

探向内陆和空想的非洲

彼处硕大的兽物结在茎秆

人们尚且不知昔日奴隶

会结在这片土　或是一个遥远的房间

一个一个一个一个房间　在海上浮游

在食物链底端　在倒掷　物种起源

海在兜售军火

一股洋流忽然西撤

鲜花腐殖翻滚上涌

飓风砸塌了整座岛屿

面容脱落的南方女人

连篇大话高举重器
两端空想相互攻讦
一种第二人称的自洽
异色的教旨在浪头上磨刀
击沉一个房间

透视的空床
遥远的大陆腹地流亡
（在海的边缘垂下地府
世界的圆盘同频转动）

实体加载不出
只有一个　一个　一个　一个纯粹的房间

罗织症状　像上世纪的那个母亲
被重病的女儿杀死的母亲
她编造出一个病人

罗织解药
从我走向我走向我
在遥远的大陆重器被引爆
在此薄雾弥散
一个一个一个一个窄小光圈
同频自转　世纪前开始循环

实体加载不出
只有一个　一个　一个　一个纯粹的房间

新年,隐匿的雪

正月将至,一根长长的缝衣针
剪纸上卸下红色朋友
鱼从天而降,吐出结冻的烟圈
恢弘的冬天,太阳积雪

但雪是一种预感,从未降临
自从不周山崩裂,人们攥住天幕的皱褶
小心翼翼地添上灯火
在正月,千万盏都是红
人世的明媚一时呈献
舅妈往土灶里添上柴,一炉旺火生烟
我们走上琼楼玉宇,哈着气的霓虹
车轮辗转,江河明亮纵横
它们尚未封冻;红灯渡过斑马线
街边蹲着的一排酒瓶
都咧开嘴笑

小村里点炮仗,红纸碎像春雨
病情凝固,孩子踢着它跑
一双手:干燥的温暖的粗糙的正月
这通明的正月,热烘烘的新年
当灯火沉寂
我们如何面对被揭露的冬天

第四辑

我有一首诗为你而作

暗恋未遂

白气中浮现无数
下陷的人面

并非是你不同
在大脑的白色围场　我得
摘下眼镜看你

我摘下眼镜
双眼结着玻璃上的白雾

每一粒水珠
在清晨的冷寂中啸叫

化学课

从棕黄色玻璃瓶　取出
溶解完好的酸涩　你两眼
纸张透湿　滴答
敲落于耳膜之上　这脉搏声
在小方盒侧面擦亮
以开始我无声的
无声的微焰

再加一滴就沉淀。　你就看见。

我祈祷化学课上试管爆炸。
你脸红，像布帘不小心露出里子吗？
可是气球缓缓吹鼓了，我们说不出话。

解剖室

戴上手套　在你
女孩般的手指
拨过我的肋骨像一架木琴
纵使我皮肉死了　纵使我皮肉死了
肋骨还在鼓噪
我只想它噤声

这事不该再提
爱你像钻进母亲的衣服
羞耻易被捕捉　易捕捉的
小型哺乳动物
陈列于你眼前　血液悸动
在白色桌板上
你瞥见我每一根肋骨
轻而易举
像剖开一只刺猬的腹部

在剧院

墙壁间光影翕动如液体
缝隙内白光射入暗室
曝露了　剧照的底片

一个女孩　被倒吊在
心脏的中央
红色的树枝干伸展
恋爱像紧缚的手

柔软而粗糙　汗液
沿掌纹翕动

红色的树　枝干伸展
叶子与木质喋喋不休
双腿盘曲　成结
于浓荫之内
恋爱像紧缚的手

别剪绳子

十月入春

如果你问，公寓前的桂树
与从前没有什么两样
与三月的婆婆纳也没有什么两样
只因为衰老而芬芳　沉甸甸的
是太阳的金色　像
一千个你垂在枝条上

猫又要生蛋了
太阳的金色　像它的眼睛
雌性动物忽然陷入生育的癔症
我对你的爱或许是病理性的

这是回流的暖风
十月的春天，春天，春天
空气中挤满了灵魂暖融融
我难以呼吸　多想
回到你沉船的口岸
在这里我是搁浅的鱼　在这里
你要为我准备一场
手术　只为宣告死亡
（我对你的爱或许是病理性的）

（而我却喜出望外地回溯过往：

像一颗呼啸的子弹

噼啪　彩虹喷泉

群鱼浮出水面

眼周最鲜美的一段掩饰

你可以取食）

跨年夜

木头的胸口上飞驰着
细小电流和半面挡风玻璃
裂缝间的马蹄　马蹄
像点 22 口径枪击我苏醒了

你要逃离这里
抱着黄色外套如爱人的躯体
无意识的躯体　纯白的杏仁
在煎熬中渗出糖浆的甜味
甜蜜！　我是琥珀里的蜂
毒针指向过敏的神经
封存于太平门 7 号的年底我爱你我爱你我爱你

新年快乐

蛛网破了
开水壶嘴上的白烟
印痕留在瓷墙上

一只蜘蛛　满怀着
眼睛　和季节性的爱
过长的肢体横生
攀向下一个窠

留下了轻微毒性是她的孩子
散入弱酸性的白
像壶嘴上的烟

雪崩,一把闪寒光的刀,我们得知期末考试成绩的下午

安静
一对恋人坐在教室之后
安静!
笔尖刺透纸张的白化病
他们在此窃窃私语
在此　纸回归树木
生长如雪

红墨水笔　我的血管
红色缝隙间陌生的睇视
在此　爱崩塌如数字
融尽了堤坝上堆叠的盐

没有明天　没有明天

我的文字代我死去两百多回
(可是)只多吻你一次

逃离火星

（为星尘作）

我要死在正确时刻
天体摒弃旧习
泼洒纷飞如雨

倒吸一口气　地幔深处
群星蒸发
火红胎发过电
在流动的裤管间警笛漫游
我们接收到信号
于某个正确时刻　孩子们脱下性别

鲸吞整个星球　你是物质
幕布后耸立
白热静待现身

创造他　杀死他
于某个正确时刻
一个偶像倒坍
低俗喜剧上演
（而你美得如此荒诞）

杀死她　创造她
于某个震动时分
我来自外星

陌生人

不是你的姐妹　不是

不是恋人　不是母亲

不是好友　不相识

互不理会　无事亏心

我比爱任何人都更爱你

你对我一定如此

在无数隔间　万孔的巢穴

我只怀抱一隅

你是空气侵入　我的听觉！

你是重压　温柔无形体

他们是他们

我比任何人都更爱你

你对我一定要如此

我不是你的姐妹　不是你的恋人

在六千遍无声高歌间

我们为何全无瓜葛？

抛弃我如此轻易

亲爱的　我是你的皮肤

是旧河道　已化作土地

于裸露的山脊上

我们能否不再重复当下的事
与我共舞！（如果你从未与他人
共舞　温柔或许会增重
但别向我诉说你深爱的他人
你的姐妹　你的恋人　你的母亲）

你要比任何人都更爱我
要容许我沉默地这样说
到我们失去空气与皮肤

再正视我
你正是我？你正是我吗？
因为我熟知你体内的刺痛
如舌尖上相同的一粒盐

俗套情诗

将碎镜子不规则拼接
忠实地修缮词语
太空中的铅　沉荷
翩翩飞行

爱上一个姑娘

电量骤然耗尽
起伏　失眠夜的双眉
细雨似重物下坠

她怎能相信

我怎舍得隐瞒　信口胡言
闪烁
狸猫尾尖如此试探
（我并未给她特别的名字）

爱上一个姑娘　她怎能相信

太空中数不清的铅
同在此刻熠熠生辉

牛 玫

我惧怕读者。
牛玫,你读过
太多诗,我根本不懂。
有时候我简直是为了你而写,
假装害单相思,我惧怕诗歌
不会回头施舍我一个眼光。

牛玫,我的谬误落到纸上。
我可以写出漂亮的句子但不该写诗。

你是高中操场上的核弹。
捏着记分册看他们做操,活像当真,
老师以为你刚上初中。
牛玫,趁我不备,
把我的金酒倒出来半瓶,
嫌它太苦,可是杯子盛不下苏打水。
你开始扯淡,我把脸埋进衣服。
(但是藏不住,莫名其妙地,我要笑,笑出声来。)
你的纸条上印着英文诗。
每周一,跑进我们班,塞给我翻译,
我从来不写。

你是英雄，牛玫，我惧怕读者。

我无法对你的校园奇迹落笔
直到奇迹和遗忘合流。
牛玫，在我老去之后，
现今活泼的头脑会出卖我。
我可能忘记你。
你早已忘记我，一部分的
我们同被掩埋，哪怕不情不愿。

牛玫，今早我拔下充电器时
手被电流狠狠踩了一脚。
到现在手腕还是麻的，像健忘症。
电已经卸落，某时某刻
地下的金子闪现
再泯灭，而我看着我的手腕，
想不出渴望怎样揭示。
牛玫，我想，想，你捏着记分册，
小号冲锋衣，跑过我的手臂，
像在十六岁，被误认为初中生。
你的鞋踢起尘埃和石子将我击中，
可一遍又一遍，疼痛离我而去。

女　娲

第一桩　措辞总是夸张

偏偏说是爱情　是我的陋习

第一桩错在我　桩桩都错在我

措辞总要与我相搏　你呢

是个美妙的误读

字沾在纸上就脱缰

措辞总是夸张　梦不过偶得

那时我确是神祇

恋人　母亲　命中一双手

黄泥的小人张裂着一身气力

措辞总要与我相搏

美的器物　骨瓷游冶

细砾嗡鸣　青石共振

硬币在铁罐里当啷啷响

幻境林立　于肋骨下缘

肌肤的帷幔如海雾初升

（那时我确是神祇　在梦中创造）

但我再写不出温柔的句子

误读是一把瑰丽的匕首

黄泥的小人已离去
字沾在纸上就脱缰
我的想象会割开我

最后一枪

扯下薄暮　夜赤裸而出
我骑黑色小牛踢踏山岩
处处磨刀声处处搜寻
一声咳嗽　我心轻易错乱
是　是行家里手

场景毁坏了　小牛被冲走
我停止等待却无事可做
滞重的鼻息封住破绽　用火烧
它噼啪爆破

我有时编撰你爱我
一千个使女的剪纸摇曳
散落在整个夜　红蜡全然隐没
你像太空一样冰冷　包藏数亿灼灼恒星

鸟巢从中折断　泛滥的石头
像洪水　无数重孤寂
放声嘶叫　轮盘空转
电光火石四溅　你闪现于
赤红夜空　淋漓而下　岩浆和彗星
撞破斗牛场　人潮翻涌

群鸦动荡　全盲　鸟巢溃败

无家可归

山岩喷发泪水　我留下

一个爱人的琐屑　其余尽是空

而天地覆合的牙关

如此胶着　那荒芜的鞋履

你的红热占有一霎　像从未来过

但遗忘的匣中洒出了

怀念的一线战栗

我借此热烈呼吸　仿佛望见永生

另一个跨年夜

劣质酒精的精灵

横渡绿色汪洋　绿色圆点挤着绿色圆点

喜剧叠着喜剧　镜头回到回到回到入口

入口　微创手术的牺牲品

灯已经愈合　精灵在浪荡

像一个完美蛋壳　它钻不进

我为什么深吻劣质酒精

精灵在欺骗我　和你　和我

一切过度显现　色点夺眶而出

我突然看见她我的迷恋箭矢

绿色烟雾相互侵略　刀枪横亘如城

我预感我将不再爱你

我不再爱你　人重新嵌入墙壁

劣质酒精的精灵开始践踏

践踏　用它绿色沾盐的鞋

节拍叠着节拍叠着喜剧　在我的太阳穴

它是国王　帐下千军万马跳海

我突然看见她我的迷恋箭矢

怎么阻止我　从这里跳下去？

我为什么深吻劣质酒精?
投入绿色汪洋　她喷射如烟雾
镜头回到回到回到入口
我不再爱你　会是真的　我不再爱你

如　皋

我与你走在这条路上
像两棵沙漠植物　拖着铺天盖地的根
你的沉默　花和蛇
你的胸膛背井离乡
我听见彼处大海　鲸亲吻我的面颊

或许我们的确曾经拥抱
没有一个昼夜目睹
记忆是漏网的鱼

与你分手　我回到老家
硕大的房屋　如气球飘在我身后
海岸淅淅沥沥地融化
爱　爱　爱

十三个段落

妈妈快要睡去　在梦中
我脱下衣裳

我的乳房像雪白的蜂巢
一头母熊哭泣

蜜蜂乘春日暖流涌过太平洋
剖开皮肤　咸水倒灌

我憎恨肉体
龟裂的地球　不可知的核

荣耀收敛于一双肩胛
感官在沉没

夜晚我等候恐惧
像个花了妆的雏妓

但我的肩胛窝藏荣耀
白色翻涌　沉静而肮脏

一个垂死的人
他的善良　和床褥上毕生的污垢

一条鱼　被投回江水

腹部被剖开　谶言半泄

谁牵引着我的手足呢
黑洞自旋在我们的头顶

像一只矿灯　它在照见　它在吞咽　在吞咽
我心生恶念

你是最后的爱人
在妈妈睡去以后

我们的夜晚　那么张皇
从一个个空格间逃逸

第五辑

英文诗选

Diction

I do poems like an embalmer.

Whispering hands, grey feathers.

History of the dead floods in

On silent bodies. I'm Poseidon.

These feet used to leave footprints on the sand.

Scattered fossils. Punctuation.

These feet are white,

Bleached and drained. Papery woman

Damped. Recycled. I start to write.

How I fabricate the verses like seashells.

Decayed horses.

Sirens behind her pursed lips

Between her sweet teeth. No.

No, I cannot practice anatomy.

But I think I will.

One day the island will surface, my water glass

Inside out.

My ocean subverted in grandeur. I still serve.

I see myself in fossils. Bones

Of the machine of water. I start to write

My own way onto the land.

My own way into the stone.

Tell me about my shroud, in all colors.

Spring Incoming

My winters grow in frenzy discipline.
In sequence grass is treaded over, like a rigid royal family.
On its frozen belly unveiled
Tattoos of bewilderment, in the style of Morse code.

That's it. How the signals drift.
The winter is a loss, ferocious,
gasping for substances.
In summer I loved a boy.
In winter Lennon was shot.
I know, I know, I know nothing about the seasons.

But I am resentful. I will allure
The winter into my den.
I will shave its brickle hair,
Dye it sleazy magenta. Pretty bald winter
Holds its boney flesh.
I will kidnap it, tie it down, rape it, cut it,
Exploit it, kiss it, unleash it, pay for it,
Let it do it all over to me.
The royal family is losing control.
Police slipped into that Stockholm bank,

Winter possesses me like a parasite.

Guns are ready. But I am not afraid.

The spring knows nothing about our history.

February, The City Had A Stroke

It was the stroke. The stroke that kills fathers.
Sweet, as candies of a rotten teeth.
Sprinklers come three times a day, and the road is
Immaculate. Glistening like glass in a church.
Diseases are the subway.

I wasn't aware of a huge machine's depression, an approaching
kiss.
Terraced streets from a video game
Smashed down to earth, fiery debaters.
Glistening words under the sun. There is no right or
wrong.

It was a stroke. A stroke, tender as lies.
I was sedated. I wasn't aware
That everyone cries for a reason.
Perhaps it is no longer true.
There it goes! The pouring rain of coins, Danae,
Is breaking my window,
But the flood of cash, of digits, of shattered prisms of
city fantasia
Is ebbing, wasted. The ground is still glistening.

Soon it will be in drought.

I guess everyone should cry for a reason.

The infiltrating dismay, the daily nutrition.

She wears a string of bubbles on her neck. Things of the past.

Strange is the sun, a foreign religion.

A Three-line Poem

A palpitation, an eye of the abyss;
A kind of tenderness, reviving from the flames.
I have a rose, seasons in reverse.

房客（代后记）

　　我不知道为什么自己如此着迷于"房客"这个词，其中含有的某种神秘、陌生和茫然曾经击中我，于是我沿着它思索，在一次次的思考中，我隐隐捕捉到了自己想要的答案。

　　对于形形色色的人和我自己，我分不清，但是极其执着地试图变得特别。我与众人唯一的不同之处或许就在于我拒绝与众人相同。被淹没在人群中时我时常想，为什么我不能透过这些陌生人的躯壳看到思想？与我交谈的人，向我走来的、对我笑的人，最亲密的朋友，不断闪现于我的视野的人群啊，我恍然之间感觉不到他们的存在，仿佛只有我在同我幻想出的世界交谈。你真的存在吗？你存在于我的思想，我或许也仅仅存在于你的脑海中。人们就像临时的房客，手握钥匙在我的房间中穿梭。我们或许相熟或许陌生，我们互相影响，可主人终归只是我一人。我是自己生命中唯一的主角。

　　可是我又是否真的是自己的主人？或者，我是否是这具身体的主人？或许是想了太多玄学的东西，我糊涂了，有时候感觉出的灵魂多于自己的躯体。我可以指挥我的四肢，比指挥我的思想更熟稔；具象的我并不像我的灵魂那么软弱，但它有一点不像我。当我看着自己时，感到的也不过只是有些眼熟，比起交谈更想躲闪。这是一个熟悉的躯壳，寄托着我世俗的、幼稚的、执迷不悟的理想，寄托着我能在键盘前敲打这些字句的所有力量。在这具躯壳里，我活着，在这座房子里，我可以自由地醒来，但它不属于我。我有幸可以使用它，让我胡思乱想的灵魂有处安放。

我是个房客，或许你们也是。我们有完满的灵魂，温柔而卑微地栖居在自己的躯壳之中，我们并不是主宰者，但我们在其中顺理成章地活着。

幸运的是我们握有钥匙。我们有超越自己身体的维度去思索的能力，我们的灵魂不断穿梭着探索这座房子中每一处未曾涉足的地域，甚至在面对书本，面对艺术时，可以跳脱出身体的束缚，走到更远的地方。我们可以表达，甚至可以成为这一切艺术的缔造者。我们只是房客，但也正因为此，我们不止是躯壳的一部分，还可以成为更多。

这本集子里的诗歌是我的思想和灵魂在过去的几年里借我的口和我的手创作的，它们或许不是那么得力，不像我的胡思乱想那么生动；或许会显得絮叨、聒噪、过于私人，但我相信它们是有意义的。因为其中有我的思想寄居于每一篇文字的躯壳里，它们默默在语言之下醒来，好像一个个好奇而暗藏心事的房客。